CMRVZ NP BF AD

在生活中寫的詭故事

西川櫻奈 著

■ 國家圖書館出版品預行編目（CIP）資料

在生活中寫的詭故事 / 西川櫻奈著. -- 初版. -- 高雄市：藍海文化事業股份有限公司, 2022.06
面；　公分

ISBN 978-986-06041-8-4（平裝）

863.57　　111007739

在生活中寫的詭故事

初版一刷・2022年6月

著者	西川櫻奈
責任編輯	張如芷
封面設計	西川櫻奈
發行人	楊宏文
總編輯	蔡國彬
出版	藍海文化事業股份有限公司
地址	802019高雄市苓雅區五福一路57號2樓之2
電話	07-2265267
傳真	07-2264697
網址	www.liwen.com.tw
電子信箱	liwen@liwen.com.tw
劃撥帳號	41423894
臺北分公司	100003臺北市中正區重慶南路一段57號10樓之12
電話	02-29222396
傳真	02-29220464
法律顧問	林廷隆律師
電話	02-29658212

ISBN 978-986-06041-8-4（平裝）

藍海文化事業股份有限公司
Blue Ocean Educational Service INC

定價：150元

作者序

我是作者西川櫻奈，這是我的第一本實體書，謝謝願意翻開本書的你（妳）。

致使我開始撰寫這本書的契機，是之前在學校宿舍發生在我（C篇）和室友身上（B、F篇）的詭異事情，因為我希望這些事讓更多人知道，於是便著手將這些寫成了一篇篇的極短詭故事。也因為這樣，讓我開始回想以前發生過和恐懼過的事，不僅有自己的，甚至也有身邊的人的。

本書的每一篇詭故事都是我在生活中蒐集靈感而寫的，因此在每一篇的最前面都附上了一張我親自拍下的實地照片，希望更能讓讀者感受到故事的真實性。之所以用黑白照片呈現，是因為看起來較有恐怖氛圍。相信閱讀本書的讀者都是和我一樣喜愛恐怖故事，甚至也和我一樣膽小又愛看的，因此我在每一篇故事的最後都附上了「一句話總結」，希望讓讀者感受到故事帶來的後勁，挖掘內心最深層的恐懼……

如果已經準備好了，就請翻開下一頁細細品讀吧！

目次

A・浴室窗戶

A是個十七歲的女高中生，在家是獨生女。因父親工作的關係，所以他們經常搬家。

這陣子，他們又搬到了在台北一處的大樓，外觀看得出來歷經有數十年的歷史。

某日，母親隨父親一起去南部出差，留下A獨自一人在家。雖然很想跟著一起去，但因為她平常還要上課，所以也只能無奈接受。

這天夜裡，她一如往常地在浴室洗澡，而浴缸旁的正上方有著一扇窗。當她洗完澡正在洗頭的時候，發生了一件極其詭異的事情……

「呼——呼——」

A面向窗戶彎腰俯首，一邊按摩頭皮一邊心想：「什麼聲音？啊……應該是風聲吧。」

沒錯，一般人聽到應該都會直覺認為是風聲，別自己嚇自己了，可是她聽到的卻不太像是風聲，而更像是人的喘息聲。

當A正在按摩頭皮的同時，她真真實實地感覺到周圍正有一道冰冷的視線死盯著自己，但不知是從何而來。

她不禁為此打了個冷顫。

此刻，她不由得一把抓起頭髮抬起頭，望向緊閉的窗戶和四周……什麼都沒有。

「我還是趕快洗一洗回房間吧。」A心想。

她再次俯首，打開水龍頭拿起蓮蓬頭，沖洗著自己垂下的頭髮。

那道視線又來了！

這次，A非常確定自己感受到的視線方向在哪，那就是她現在正面對著的窗戶。

顧不得還沒沖洗乾淨的頭髮，她便一個抬頭望向窗戶，竟猛然驚見有一顆頭顱正懸在窗外！因為窗戶貼有玻璃紙的關係，所以只能隱約看見有顆頭顱的影子，不能看清楚其樣貌。

「啊！」A嚇到驚聲尖叫，腿軟跌坐在地。

而那顆懸在窗外的頭顱似乎是聽見A的尖叫聲之後，就這樣無聲無息地咻一下飛走了……

完

※一句話總結：家中浴室有窗戶的，晚上洗澡時要小心……說不定有道視線正注視著你（妳）喔！

B・操場的人

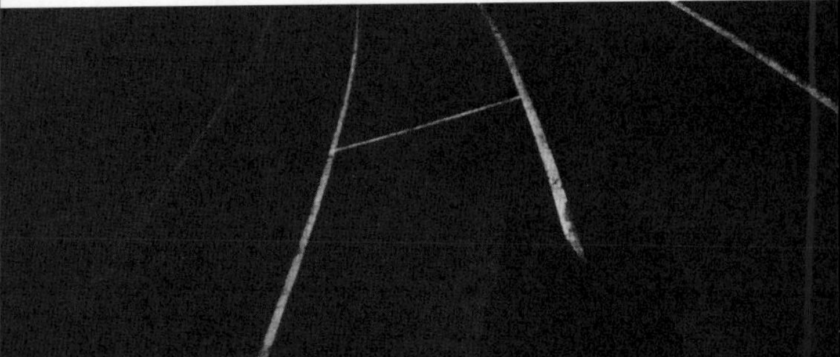

在桃園的某間大學裡，有個女學生B，因為家在台南，所以目前住在校內宿舍。

有天傍晚，B與一群同學到操場玩，中途想去繞操場走一走，因此她便獨自一人在操場上漫步。

走著走著，她突然看見前方有個留著一頭黑長直髮的女生，似乎也和自己一樣在散步。於是外向、喜歡交朋友的她，便什麼也沒多想地快步走上前去和那個女生搭話。

「哈囉！」B在那個女生的身後出聲。

那個女生彷彿沒聽見B向她搭話似的，自顧自地往前走，步伐也絲毫沒有受到影響，依然保持著同樣的速度。

B感到有些奇怪，明明周圍還蠻安靜的，怎麼會沒聽到？但是她也並沒有多想，便跑到那個女生身旁拍了拍她的肩。

那個女生一轉頭看向B……

「哇！好漂亮喔……」B不禁在心裡驚嘆。

雖然那個女生長得漂亮，五官立體且富有仙氣，但是B卻覺得有一種說不出的違和感，感覺她就像是與自己處在不同世界似的。

「妳好，妳……長得好漂亮。」

「謝謝。」那個女生面無表情地說。

「妳一個人在散步喔？」

「嗯。」

「我也是耶，對了，妳要不要一起去和她們玩？」B邊說邊指著不遠處她的同學們所在的地方。

「不用了。」

對於那個女生的拒絕，B認為她是不好意思打擾，所以並沒有放在心上。

「沒關係啦，反正妳一個人也很無聊吧？要不然……我抓個人來跟妳認識認識？」

「不……」

B不聽那個女生說完話，便逕自跑向她的那群同學。

「妳剛跑去哪裡了？一起來玩啦。」B最要好的一個朋友說道。

「我剛剛在和一個女生聊天啦，妳要不要去和她認識一下，她長得超漂亮的！」

「好啊。」

「走吧。」

B拉著朋友的手，跑到那個女生面前。

「跟妳介紹一下，這是我在班上最要好的朋友，她叫……」B向那個女生介紹道，說到一半時她朋友猛然抓著B的手跑回那群同學所在的地方。

「妳幹嘛啦？我話都還沒說完，這樣很沒禮貌欸。」

「妳……妳……剛剛……」B的朋友一臉驚恐道。

「什麼啦？說清楚一點。」

「妳剛剛……是在跟誰……說話啊？」

「什麼？」B感到一頭霧水。

「妳剛剛……是在跟空氣說話欸。」

「怎麼可能！我和……」B邊說邊轉頭看向剛剛那個女生站的地方，卻一個人也沒有。

「看吧，沒有人啊。」

「怎……怎麼會……」

完

※一句話總結：別輕易相信自己眼睛所看見的！因為說不定……你（妳）看見的不是人……

C・宿舍的敲門聲

C是名女轉學生，最近她錄取了北部理想的大學。雖然家也住北部，搭車約莫一個多小時就可以到校，但為了想儘快適應新學校，也想多認識一些人，所以她便選擇住在校內的宿舍。

這間宿舍歷經數十年之久，從沒翻修或重建過，因此不論是外觀或寢室都可看得出它的屋齡。

其實在C一開始入住是沒發生什麼特別的事，但是過沒多久，怪事便一而再再而三地找上了她……

某天晚上，C在寢室內的書桌前與朋友視訊聊天，同時還有一位室友在床上滑手機。

叩！叩！

就在C與朋友視訊通話沒多久，一陣敲門聲引起了她們的注意。

C與室友同時望向門口。

「進來！」因為她們平常在寢室不會鎖門，所以C便坐在位子上朝門外揚聲喊道。

在場的兩人安靜地望著門數秒，想等待門外有人進來，但是一直都沒人開門。

C雖然感到有些奇怪，卻也沒多想就又轉過頭繼續和朋友視訊。

另外還有一次，C去另一間寢室找朋友……

叩！叩！

才剛進去和朋友講話沒多久，便突然被一陣敲門聲打擾。

「進來！」因為這間寢室的門也沒鎖，於是C朋友朝門外喊道。

門外沒有因為C朋友的喊聲而有任何動靜。

「妳去開一下門吧。」C朋友覺得是門外的人沒聽見她的喊聲而向站離靠近門口的C說。

「嗯。」

C走到門前打開門，門外卻空無一人。她探頭向外左顧右盼，走道上靜悄悄的，一個人也沒有。

她關上門，走到朋友面前。

「誰啊？」C朋友望著一臉茫然的C說。

「門外和走道上都沒有人……」C壓低嗓子回道。

之後C回想起來，發現每次聽見的敲門聲都是「叩！叩！」兩聲，不知道是不是有什麼特別的含意……

但不論現在如何猜想，也無從查證這敲門聲究竟是誰敲的了……

完

※一句話總結：別輕易相信自己耳朵所聽見的！因為說不定當你（妳）在開門的同時，已經有看不見的東西悄悄進入屋內嘍……

D・胯下人頭

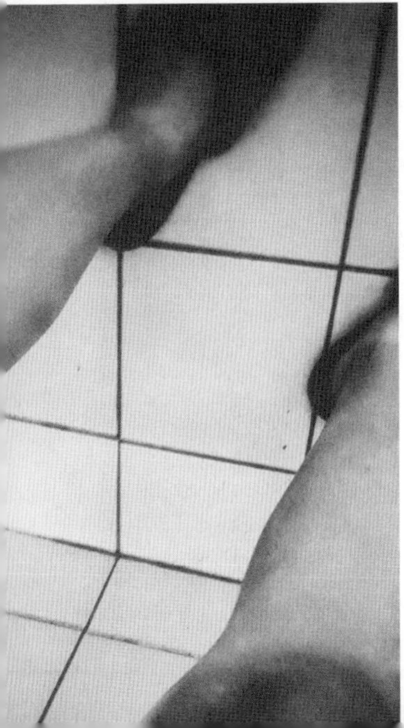

D是個平凡的女上班族，某次因工作的關係，必須與一位男同事一同去南部出差兩天一夜。當然，晚上住宿的地方是由公司安排一人一間房，因為只要能歇息一晚便足夠了，所以並不可能住很好的。

公司安排住宿的地方是個外觀破舊不堪的小旅館，就連一樓也沒有什麼燈光，唯有一盞在騎樓的柱子上不時閃爍的壁燈透出微弱的黃色光芒，且看不清霧狀玻璃門後旅館內部的樣貌，不知道的人可能還以為已經廢棄了呢。

話說這也輪不到他們這些小職員來挑剔，雖然很不情願，但是D與同事也只能默默接受公司的安排。

他們一走進旅館一樓內，一股難聞的味道撲鼻而來，D頓時用手掩住口鼻，而她同事則是面有難色地環顧四周。

「歡迎光臨。」櫃檯內站著一名面帶嚴肅的中年男子例行性地向他們說道，看起來似乎是這間旅館的老闆。

「你好……」

「請問你們要住宿還是休息？」

「那個……我們公司已經有安排了，××公司的。」

「好的，請你們稍等一下。」

那個中年男子確認之後，拿了兩把鑰匙各自遞給D與D同事。

兩人與中年男子道謝完便搭電梯到了樓上，各自走到自己的房間。

D開鎖進到房內，瞬間散發出一股濃濃的霉味，像是已經很久沒人住似的。

奇怪的是，房內跟外觀一樣破爛，但浴室卻異常地新，有種進到了另一個世界的錯覺。

經過一天的折騰，D感到疲憊不堪，她已經管不著房間和浴室新舊的問題了。此刻，她一心只想趕快洗洗睡到天亮，因為明天還有的忙呢。

D收拾了一會兒背包後，便走到浴室準備洗澡。進到靠最裡面的淋浴間，當她彎下腰俯首正要洗頭時，頓時起了一陣雞皮疙瘩。雖然覺得奇怪，但也不以為意。

在她洗頭時，因為有水不小心進到左眼裡，所以她便乾脆閉起雙眼洗。

當洗到一半時，雖然是閉著眼睛的，但隱約能感覺到有什麼黑影在眼前晃動，使她不由自主地想要睜開雙眼。因為左眼有進水而睜不開的關係，她只能睜開右眼。沒想到不睜開還好，這一睜開，她居然看見胯下正有一張臉和自己一樣是倒著看她的，而且還是只有一顆頭懸在空中！那張臉的雙眼凹陷如黑洞般，耳朵、鼻孔和嘴角都不斷地溢出血，即使沒有眼球，D仍是能感覺到那顆頭正用著非常哀怨的眼神在看著自己。

「啊！」D嚇到跌坐在地，四周張望著那顆頭還在不在，但早已在她尖叫的同時就消失得無影無蹤了……

完

※一句話總結：聽說從胯下能夠看見另一個世界的「他們」喔……

E・末班車

E是個每天必須通勤上下學的女高一新生，某天她與三個同學坐在學校附近的超商討論分組報告，不知不覺就到了半夜十一點多。而因為她的同學都是住學校宿舍，只有她是通勤，所以這是她第一次獨自搭末班公車時發生的事……

E一個人靜靜地站在無人的公車站前，感受陣陣晚風的吹拂。望向四周除了便利商店的燈光陪伴著她，就只剩下一片黑暗了。

一段時間過後，公車來了。在E搭上這末班207公車時，車上只有零散的幾位乘客。雖然從學校搭公車就能夠直達到家附近，但因為距離有二十多站，接近終點站，所以她選了最後一排的靠窗座位坐下，精疲力竭地閉上雙眼小睡一下。雖然在睡覺時不斷聽見談話聲、下車鈴聲和車門開關聲，但她的眼皮卻沉重到睜不開，猶如被石頭壓住似的。

公車行駛一段時間後，E猛然睜開雙眼，發現車內只剩下自己一人，她看了看車前的LED顯示屏，卻沒有跑出任何文字。

看向窗外兩旁的景物都是一片漆黑，完全不知道公車行駛到哪裡，因此她便走到車前想要詢問司機。

「司機大哥，不好意思，請問現在到哪裡了？」E望著眼前面無表情的司機問。

因為E就站在司機旁邊，他一定有聽見E在和他說話，但是他卻沉默不語，不理會E，死盯著前方，有如只剩一副沒有靈魂的軀殼一般。

「司機大哥！」E試著朝司機大聲喊道，仍舊得不到任何回應，依然面不改色地望著前方。

「怎麼辦……」E喃喃自語著。

霎時她靈機一動，想到可以用手機求救，便跑回座位上，從書包裡翻找出手機，可奇怪的是，手機螢幕居然顯示無訊號！

但她還是試著撥打１１０，卻始終因無訊號而自動掛斷。

E心想：「這裡，難道是在山上？不對啊，我記得這班公車不會開到山裡的啊……」

就這樣，她坐在座位上漸漸感到異常頭暈和疲倦，沒多久，雙眼又再度闔上了。

當再度睜開雙眼時，隨即慌張地看向窗外，發現公車剛好行駛到她家附近，於是趕緊按下車鈴。到站後車門打開，她也順利地下了這輛末班公車。

之後，E和身邊的人說起這件事，大家都覺得是她在做夢。可是，她並不覺得這只是一場夢，因為，她的手機裡還存有當時撥打110的記錄。

完

※一句話總結：聽說末班車會開往另一個世界去喔……

F·床下

F是個女大生，平日因為要上課所以都是住在學校宿舍，只有假日才會回家。

就在她住在學校宿舍的某一天，發生一件令她深刻難忘的經歷，應該是這輩子都無法輕易忘記了……

她住的女生宿舍是四人房的，床在上鋪，下鋪是書桌和衣櫃。

某天午夜，F和室友們都上床睡覺了，漸漸地，她也進入夢鄉。但不知道過了多久，她被某個細小的聲音吵醒，因為F是屬於淺眠型的人，所以只要有什麼動靜，就很容易會醒來。

她聽見床下似乎有窸窸窣窣的聲音，雖然很想往床下查看，但因為有個室友習慣燈全關睡覺，所以現在幾乎可以說是伸手不見五指的狀態。

還好，她習慣睡覺時手機放在身旁，因此便摸黑抓起手機，開啟內建的手電筒，動作放慢起身往床下一照。不看還好，這一看，她居然看見床的正下方有個人正仰頭死盯著她，兩人四目相對，而且那個人目眥盡裂，令F不禁一顫，頓時嚇到叫不出聲。她趕緊收起手機，又躺回到了床上，驚魂未定地看向三個睡得像豬的室友，她不敢出聲，不知該如何是好，害怕地躲在棉被裡顫抖著。而床下的那個人也沒因為被發現而就此離開，似乎還在床下翻找著什麼。

就這樣，F雖然是清醒的，但她一直躲在棉被裡直到早上，也不知道床下的那個人在什麼時候離開的。她很慶幸，那個人沒因為被發現而對自己怎麼樣，不然後果將不堪設想啊。

之後，F和室友們說起這件事，她們都覺得應該是小偷。但奇怪的是，F的錢包就放在書桌上，裡面的六百多元卻都沒有少。後來經過四人一番仔細檢查，除了東西被翻得亂七八糟之外，沒有任何東西不見。

F回想起來，當時床下的那個人在她書桌前東翻西找的，目標似乎不是錢包，那……那個人到底是在找什麼呢？

完

※一句話總結：晚上睡在上鋪時最好別往下鋪亂看，說不定會看見什麼不該看的……

G・停車場的牆

G是個男上班族，與妻子育有一個五歲的女兒，三人住在一處社區大樓內。因為G上班的地方離家有段距離，所以買了一輛汽車以便作為上下班的通勤工具。不論去了哪裡，回到家之後的車就會停在社區大樓內附設的地下停車場。

這個社區大樓歷史悠久，三十幾年前此地還是一間大醫院，後來不知道是什麼原因而拆掉改建為現在的住宅區，若不是在這裡生活很久的在地人是不會知道的。

此地下停車場有三層，都僅限這裡的住戶才能停車，且每三個月都會重新抽車位，因此車位不會一直是固定的。運氣不好的人，還可能沒抽到要排候補呢。甚至有運氣更不好的，可能連候補都沒輪到。

這次又到了某個要重新抽車位的月底，而G抽到的車位雖然和以往的位置不同，但其實也沒什麼差別。

後來G發現有個地方有些異樣……

那就是隔壁車位後的「牆」。

原本G自己還沒意識到，但就在某個與妻小出遊後回家的深夜，看見隔壁車位剛好是空著時，女兒不經意地說了一句話，從此讓他非常在意。

「爸爸！爸爸！你看，那個好像有一個人站在那裡喔！」G女兒指著隔壁車位後的牆說道。

G定睛仔細一看，那面牆上的汙漬確實……有點像一個人形。

「哪像啊，別亂說話。」G心裡感到毛毛的，但為了不想讓女兒繼續胡思亂想，而斥責她。

「奇怪，真的很像啊……」G女兒直盯著那面牆天真無邪地歪著頭。

G被女兒這麼一說之後，當他每次開車回家到了停車場，而隔壁車位空著時，看見那面牆都會感到有些在意。

某天，G因為要加班，而到深夜十一點多才準備開車回家。

隔了一段時間，終於，他開車回到家樓下的停車場，剛好再過一分鐘就要十二點，因此在無人的停車場也顯得格外安靜。

就在他開車門正準備要下車時……

啪！

頃刻間，四周被黑暗籠罩，居然停電了！

G嚇一大跳，於是趕緊拿出手機，開啟內建的手電筒下了車。正當他摸黑準備走向樓梯口時，似乎隱約聽見身後有些動靜，便停下腳步，心想：「什麼聲音啊？車子隔壁只有一個車位，再旁邊就是牆壁了……而且剛剛看隔壁車位是空的，沒有人在那裡啊……」

此時，G想起隔壁車位後那面有著人形汙漬的牆壁。

「唉……」

身後明顯出現嘆氣聲傳入G的耳裡。

他不敢回頭，怕會看見什麼不該看的。

「唉……唉……」

嘆氣聲越漸明晰。

他嚇得頭也不回地拔腿就跑，跑向樓梯，往樓上跑去，跑回到了家中。

因為就在剛剛，G聽得非常清楚，身後有個人一邊嘆氣一邊用很哀怨的語氣說：「我……好……孤……單……」

※一句話總結：聽說深夜的地下停車場陰氣很重……

完

H・曬衣場

於前些日子的某天凌晨，在北部某間大學發生了女大生跳樓自殺身亡的事件，而事件發生的準確地點是在女生宿舍的曬衣場。

H正是就讀那間大學的女大一生，雖然她也是住在那棟女生宿舍，但是在不同樓層的。

即使不能確定事情是否真的與這個自殺事件有關，但事情確實就是在這個事件之後才有的……

這是一件在某日晚上十點多，H將剛洗好的衣服拿去曬衣場曬完後，正要回寢室時發生的事……而平時她和室友們也都是差不多這段時間才會上床睡覺的。

當H等待洗好衣服、脫水完之後，獨自提著裝有剛洗好的衣服的洗衣籃，走到了曬衣場。按下電燈開關，僅透出微弱的白日光燈。

她迅速地將一件又一件的衣服拿起，用衣架掛在曬衣桿上。

一旁是可以看見外面的洞窗，而發生事件的那層樓是沒有洞窗的，因此窗外的景物便可一覽無遺。由於是晚上且又靠山，導致從洞窗看出去只有一片黑暗，看不見任何景物，也不知道是不是這個原因，H感到一陣不尋常的涼意，甚至還起了雞皮疙瘩。所以每當她晚上在此曬衣服的時候，都想儘快曬完走人。

過了一會兒，終於，衣服都曬完了，H走到曬衣場門口。當關燈的那個瞬間，她的雙眼剛好望向曬衣場內，赫然驚見有一個人影站在角落，隨即便又開燈，再次確認，卻什麼也沒有了。

「應該是我眼花了吧。」H暗自在心裡安慰著自己。

她又再度關燈，霎時，她又看見那個人影。而且這次她看得更清楚了，那個人影有著一頭長髮，所以應該是個女生，而站的位置似乎也有些改變。

在H開關數次燈的每個瞬間，發現人影不斷向自己逼近……直到人影離自己不到三十公分時，她才發覺不對勁，便嚇得趕緊跑回寢室。

※一句話總結：晚上最好別獨自逗留在曬衣場喔……

完

I．回家路上

I是個女國三生，因為前陣子父母過世，所以目前和奶奶相依為命。由於奶奶家住在偏僻地帶，附近也沒有任何能搭乘的交通工具，因此每天上下學都要徒步一個多小時的路程才能到學校。雖然很累，但這也是沒辦法的事。

I每天上下學最討厭的事情就是必須經過一條令她感到非常不舒服的路段，但那是奶奶家與學校之間的唯一道路，即使再怎麼不願意，也只能硬著頭皮接受。

那條路非常狹窄，兩旁都是一整片的樹林，看不見其他景物，且平時也鮮少人經過。I每次經過時都不見任何人，就像去到無人島似的，所以她都會刻意加快腳步走過。

某日I放學回家又經過了那條路，她一如往常地加快腳步走著。雖然是白天，卻感覺周遭顯得異常陰暗和安靜，和平常不太一樣。

不料她看見前方不遠處有一個長髮披肩、穿著紅色洋裝的女人，俯首站在路旁一動也不動，樣子看起來有些古怪。

此時I的內心突然湧現出強烈的不安與恐懼感，但這是回家的唯一道路，沒有她選擇的餘地。

沒多久，當她低俯著頭就要和那個女人擦肩而過時……

劈啪！

I不小心踩到地上的樹枝而發出聲響。

她頓時一陣發麻的涼意從手腕往上竄到上臂，站在原地不敢動，緩緩地轉頭瞥了一眼那個女人。不看還好，這一看，她居然看見那個女人睜大著的雙眼不斷地溢出鮮血死盯著自己，而且還咧嘴笑著，看得令人不寒而慄。

I嚇得趕緊別過頭拔腿向前狂奔，不斷地跑著，直到跑回家中鎖上門才終於鬆了一口氣，而不時想起那個女人恐怖的面容仍是心有餘悸。

一陣子過後，I畢業了，考上的高中和國中的方向不同，因此便再也沒有走過那條路。

※一句話總結：儘量不要走太偏僻的道路，以免遇到……

完

J・天花板上的洞

某天傍晚，是一個再平凡不過的日常，因某位同事的提議與帶領下，J便與三位同事在下班後，一同前往離公司有一小段距離的一家新開幕的餐廳用餐。

這家餐廳以簡約為主，外部只有一扇黑框霧狀玻璃門，也沒多加布置，而門上有一塊長木板寫著：Delicious。

它處在一條冷清的巷弄內，附近就只有這家餐廳，且內部座位非常少只有四桌，甚至連內外場的人員也就櫃檯一人和廚房一人而已。提議的同事說這家餐廳雖看似不起眼，但食物真的非常美味，值得大力推薦。

之後，大家都有說有笑地一邊聊天一邊吃著眼前的食物。過程中J突然感到肚子痛，便趕緊到櫃檯詢問服務人員。但服務人員卻說目前不開放廁所，最後是看在J非常急迫的情況下，才勉強破例的。

J在服務人員的指引之下，進到餐廳最後方的廁所。一打開廁所的木門，頓時被眼前的景象給驚愕住了，因為這間廁所有如廢墟般的老舊，與餐廳真的是天差地遠啊！雖然餐廳沒多豪華，但也算是簡單、乾淨的現代簡約風。

此時的J別無選擇也管不了那麼多，於是脫下褲子，痛苦地按著肚子坐在馬桶上。

過了一會兒，他排解得差不多了，便坐在馬桶上環顧廁所四周，仍是覺得自己像身處廢墟之中，想不通餐廳為什麼有裝潢而廁所卻沒有。

頃刻間，他莫名感到一陣涼意，使他起了雞皮疙瘩。

「怎麼感覺好像……好像……」J雖察覺有些異樣，卻又形容不出自己所感受到的某種感覺。

他不安地東張西望著。

當他無意間抬頭時，看見正上方的天花板有個大洞，洞內漆黑一片。

就在J直盯著黑洞沒多久，突然，一顆黑色圓圓的不明物體冒了出來……

是人頭！

那顆黑色人頭看起來是個小男孩，他目不轉睛地死盯著坐在馬桶上的

J。

J看見這怵目驚心的一幕，使他嚇得別過眼不敢與那顆頭對視。下一秒便趕緊穿上褲子，拔腿跑出廁所。

完

※一句話總結：小心有洞的地方可能會有道視線在注視著你（妳）喔……

K・車窗外

在苗栗土生土長的K是個女國中生，也是家中的獨生女，目前和父母住在一起。

在某個星期五的下午，K放學回到家。K母突然心血來潮向坐在沙發上的K與K父說：「對了，現在正值櫻花季，而且你們明後天都放假，要不要一起去台中的××山賞櫻呀？」因為兩人都無異議，所以決定隔天出發。

到了隔天，正是個晴朗、適合出遊的好日子，K父開車載著K與K母一起去到了台中的××山。

但這天不知為什麼遊客特別少，照理來說目前正值櫻花季，不應該那麼少人來賞櫻才對啊。

K與她的父母雖然都不免感到有些納悶，但想了想人少也不錯呀，不用人擠人的。

他們一家人在賞櫻的過程中都很正常，沒發生什麼奇怪的事。而就在他們賞櫻完，要開車下山回程的途中，卻突如其來下起一場大雨。可是他們在出發前都有看手機的氣象預報，明明顯示今天降雨機率只有5%，應該會是個好天氣才對呀，之前看都很準的說。難道連機率那麼小的事也真的會發生？簡直是奇蹟啊。

雖然下大雨造成開車視線不佳，但這也是預料之外的事，無奈的K父仍只好放慢車速下山。

而詭異的事情也是從這裡開始發生的……

K父坐在駕駛座，而K母坐在副駕駛座，只有K是坐在後座的。回程途中，K坐在左後座靜靜地看著窗外，沿路只有不斷打在車窗玻璃上的雨水和滿山的林木，除此之外就沒有什麼宜人的景色可看了……

剎那間——

「啊！」K似乎是從窗外看見了什麼而驚叫一聲。

「怎麼了？」K母回頭問道。

「外面……外面……」K露出驚恐的神情。

「到底是什麼啦？」K父快耐不住性子了。

「我剛剛……剛剛看見……外面有一個……」

「看見外面有什麼？」K母問。

「有個穿著紅色衣服的小女孩……在向我招手。」K壓低聲音道出。

就在K的話才剛一說完，車子卻突然熄火了。

「爸爸！你幹嘛停車啊？」

「不是我想停的啊……奇怪，車子怎麼發不動了？」K父一邊嘗試發動車子一邊說道。

K轉頭看向後方，發現那個小女孩居然以雙手雙腳在地上走的怪異姿勢在緩緩逼近，臉上還露出極其詭異的微笑，看得令人渾身發毛。

「爸爸！快點開車啊！她要過來了！」

「老公！快點啊！快啊！」

「完了……完了……」

就在那個小女孩要走到左後座的車窗前時……

好險，車子發動了。

※一句話總結：最好別去無人的山裡或是冷清的地方，否則可能會遇到……

完

L・監視

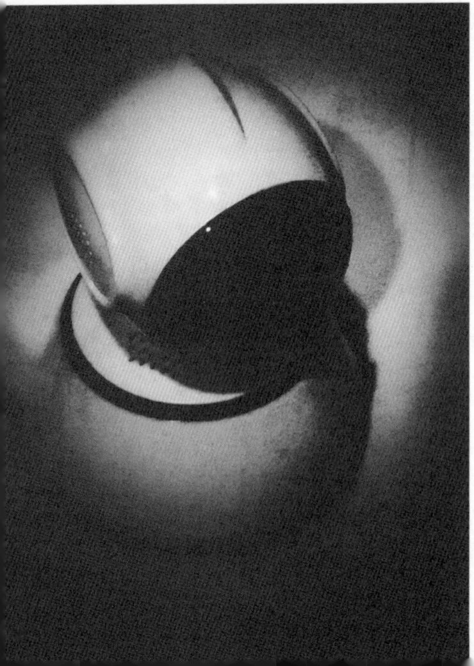

L是個大學剛畢業的社會新鮮人，雖然好不容易找到一份心儀的工作，卻也因此離鄉背井，搬到一個陌生之地。因為身上沒什麼錢，所以找了一間租金較便宜的老公寓雅房落腳。

L一個人住並不會覺得寂寞，因為，他身邊還有一隻陪伴自己好幾年的瑪爾濟斯犬。每當遇到困難或是傷心難過的時候，牠總是會默默走到L身旁舔舔他，讓他感到很安慰。

因為養了狗，所以L在住處都會放一台寵物監視器。這樣即使出門在外，也可以無時無刻透過手機觀看愛犬的狀況。

L住的雅房坪數不大，床尾隔個小走道便是靠牆的書桌，是斜對著床的。書桌上擺放一台寵物監視器，而鏡頭是對著書桌旁地上的一張寵物沙發床。

就在L搬到這裡之後，用了一年多的寵物監視器漸漸開始變得詭異起來，比如說有時畫面會出現雜訊、雜音，甚至是有黑影晃過等等。雖然他常常安慰自己是因為工作太累而變得敏感，但直到後來發生一件令人毛骨悚然的事情之後，才就此改變他的想法……

某日深夜，L睡得正入眠，卻被一陣莫名的雜音給吵醒。他慢慢睜開雙眼，透過床頭燈泛著微弱的黃光，隱約看見有一個黑色人影站在書桌前一動也不動。雖然看不清五官，但憑著L的直覺，應該是在盯著自己看。

「你……你是誰？你怎麼會在我家啊！」L問，雖想起身，可身體卻動彈不得，感覺像被某種看不見的力量壓住似的。

照理說來，這麼短的距離那個黑色人影應該有聽見L在和他說話才對，但他卻絲毫不為所動地站在原地。

不知過了多久，L毫無意識地沉沉睡去。

隔天早上，L逐漸甦醒，對於昨晚可怕的經歷仍驚魂未定。

他無意間瞥見書桌上的寵物監視器，發現……

鏡頭是對著自己的。

完

※一句話總結：寵物監視器除了監視寵物，說不定，同時也在監視著你（妳）喔……

M・對面矮房

夜市是許多人在忙碌一天之後休閒娛樂的地方，而M也不例外。

自從M考上南部的大學，便獨自離開家鄉，南下到學校附近的公寓租了間小套房。因為學校離夜市蠻近的，所以她時常會在下課之後和幾個同學一起去逛夜市。

對了，別搞錯，這不是關於夜市的故事喔！而是在M某次逛完夜市後，一個人回到公寓所發生的事……

某日深夜，M與幾個同學和往常一樣，逛完夜市就地解散，已經是十點多了。經過一整天的折騰，使她身心俱疲，好希望身邊立刻有張床能躺下來休息，但這當然是不可能的，於是她只好拖著疲憊的身軀走回住處。

終於，M回到了住處。一開門進去，還沒等她開燈，窗外對面的矮房就先吸引她的目光。她看見最靠近自己的一戶人家是亮著燈的，而且還是非常明亮的白光。除了那戶人家之外，四周都是一片黑暗。

M記得，之前看到那戶人家的燈都很昏暗，怎麼現在突然改變燈的顏色與亮度了呢……可能是心血來潮吧。

就在她直盯著那戶人家在想怎麼突然換燈……

霎時，M眼前出現異樣的景象，她看見了……

那戶人家的窗是關的，而因為燈很亮的關係，讓M看見有個人影在窗前，由右至左咻地飄了過去，速度不快也不慢。即使看不見五官樣貌，也能讓她看清楚人影的身形體態，那個人影……有著一頭長髮，所以應該是個女人，但最奇怪的是，人影明顯是正對著窗的。

這難道……不奇怪嗎？

正常來說，如果只是走路經過窗前，那M看見的人影應該是側面才對，怎麼可能是正面呢？

也就是說，M看見的那個人是以螃蟹走路的姿勢經過窗前……

而且還剛好挑準時機在她看的時候……

似乎是故意讓她看見的……

「是我眼花了嗎？不會吧……」M心想。

為了確認自己到底是不是眼花，她便繼續定睛看著那戶人家，卻什麼動靜也沒有。

正當她忐忑不安的心逐漸平靜下來後的一個轉身……

M忽然大罵一聲。

因為，有一個長髮女子正站在她面前，且只差不到一公分的距離就要碰到。

而那個女子在聽見M的罵聲之後，便咻地往窗外飄走了……

※一句話總結：晚上最好別往窗外亂看，以免看見不該看的……

完

N・手機鎖定螢幕桌布

一位擁有平凡家庭的母親N，育有一兒一女。兒子在大學畢業後便找了一份兼職，一個人搬出去住，平時不常回家；女兒平日則是住在大學宿舍裡，假日才會回家。

N的丈夫是一名大樓管理員，平常都是上晚班，而每上五天班才會休一天，所以常常在平日晚上就只剩N獨自一人留在家中。

雖然N不太擅長使用科技產品，但是她對一般簡單的功能還略知一二，比如說「手機鎖定螢幕桌布」。

而接下來的故事，就是與此有關……

事情是發生在某個夜深人靜的夜晚，N獨自坐在客廳沙發上滑手機。突然她看見一則新聞，是關於某位女藝人自殺身亡的消息，且還附有數張那位女藝人生前的照片，而其中一張黑白照片更是令她不禁打了個寒顫……是那位女藝人生前與某位男藝人的合照，而那位男藝人是她的前男友。雖然那位男藝人還活著，但照片看起來就是有種說不出的詭異感。

N定睛看了照片數秒，忽然感到不太舒服，便趕緊將其網頁關閉。

一段時間過後，她發現時間已經不早了，於是將手機拿回房間放在床頭櫃上，打算去洗漱睡覺。

過了一會兒，她洗漱完走回房間，在床上躺了下來，周圍只留下床頭燈透出的微弱黃光。

N又拿起手機，螢幕一亮起，嚇得她險些將手機丟出去。

因為……她看見……

鎖定螢幕桌布居然是剛剛那張黑白照片！

「奇怪，怎麼會這樣啊……」N心想。

驀地，床頭燈開始不停閃爍，沒多久便陷入一片黑暗。

N嘗試再次開啟床頭燈的開關，卻怎麼樣也開不了。

此時，她內心的恐懼達到頂點，驚慌地將手機螢幕開啟。

「啊！」N不由自主地叫出聲。

因為她又看見那張黑白照片。

解除螢幕鎖定之後，開啟了內建的手電筒。

N憑藉手電筒的白光緩步走到天花板燈的開關前，嘗試開燈……

幸好，燈開了。

但奇怪的是，後來無論她再怎麼更換鎖定螢幕桌布，卻仍是那張詭異的黑白照片。

整個晚上，N久久無法入眠。

不論是等到早上丈夫回家，或是假日女兒回家，都試著想幫忙更換鎖定螢幕桌布，卻總是事與願違……

完

※一句話總結：深夜獨自一人，沒事最好別亂看死者的照片，因為，說不定自己在看的同時也會被鎖定嘍……

0 · 夾娃娃機

O原本只是個家庭主婦，但因為最近掀起一波夾娃娃熱潮，路上的夾娃娃機店一間接著一間開，使她覺得現在應該是個投資夾娃娃機的好時機，於是便在某間夾娃娃機店租了三台夾娃娃機，成為台主。想說平常除了以丈夫的工作為家中主要收入之外，這多少也能夠貼補一些家用。

這間夾娃娃機店位於O住家附近的一條巷弄內，店的位置雖不起眼，但因為靠近路口，且隔一條馬路就有夜市的關係，所以平時也是有不少人來光顧的。

O平時算是個夜貓子，而夾娃娃機店又是二十四小時無人看顧的，因此她時常會在深夜無人的時候去擺放機台內的商品，想說這樣也比較不會打擾到客人。畢竟有些客人看見台主在店內之後，就會直接走掉了。

某日凌晨兩點左右，O一如往常地獨自在店內擺放夾娃娃機內的商品，明明是正值夏季的七月，她也流了一點汗，卻還是莫名感到一股涼意。

咚！

在原本寂靜的夜裡，突然出現一個奇怪的聲音傳入O的耳裡，使她不由得心裡一顫。

「什麼聲音？」O感到有些不對勁。

她租的三台夾娃娃機都是在一進店內左手邊的中間位置，而當她聽見聲音之後，察覺似乎是從最裡面的機台內傳來的。於是便深吸一口氣往裡面走去，一台一台查看著機台內的商品，雖然那些都不是她租的機台，但是她卻莫名被一股強烈的好奇心驅使著，想一探究竟。

驀地……咚！

同樣的聲音又再次出現，而O也剛好看見……

不對，不如說是「故意」讓她看見的吧……

就在某台夾娃娃機洞口，突然有一顆留著烏黑長髮的人頭彈跳起來，與O四目相對，而且還一臉怨恨地盯著她……

那顆人頭……似乎是被困在夾娃娃機內出不來了。

而那顆人頭到底為什麼要「故意」讓O看見呢？

原因也就不得而知了……

※一句話總結：深夜沒事最好別出門，尤其是獨自去無人的地方……

完

P・夜遊山

P是個平凡的女高中生，心思單純沒有任何想法的她，和在聯誼上認識的兩男一女一起去山上夜遊。

也是因為這次的可怕經歷，使P再也不敢去夜遊了……

某天午夜，P一行人去到位於台北市某座山上的一處公園，裡面有一大片蒼鬱幽靜的森林，而在進入森林之前有一個雙岔路口。於是四人便分成男女兩人一組，各別走進一條陰暗的林間小路。

P與其中的一個男生走進右邊那條路，一路上除了間隔有盞透著微弱黃光的路燈之外，兩旁都是一大片的林木，看不見其他景物。

嘰——嘰——

走在老朽的棧道板上所發出的聲響，在此時顯得特別大聲，令他們不自主地放輕腳步。

就這樣直直地往前走，走了一段距離之後，前方的路向右拐去，接著又是筆直的一條路。

又走了一小段距離，前方的路雖然仍是筆直的，看不見盡頭，但左手邊多了一條向上走的階梯，而階梯上方的盡頭看不見是哪裡，附近也沒任何標示。

P與同行的男生很有默契地一同停下腳步。

「要走上去看看嗎？」同行的男生轉頭問向站在身旁的P。

「好啊，可是……」

「怎麼了？」

「可是上面有一個人坐在那裡欸……」

因為燈光昏暗的關係，P只能隱約看見在距離約二十幾階的階梯上，一個銀色鐵網圓形垃圾桶旁，有一個黑色人影正坐在那裡。那個人影看起來一頭短髮，應該是名男子，但看不清五官。也因階梯狹窄陡峭，且兩側皆無扶手或護欄，所以要走上去的話便只能一人通過，無法兩人並行。

「上面……沒有人啊。」同行的男生感到莫名其妙。

「有啊！那個人就坐在垃圾桶旁的階梯上啊！」

「沒有……垃圾桶旁邊沒有人啊！」

「有啊！就坐在那裡，你看！」P邊說邊伸手指向垃圾桶旁的位置。

就在她手指指向那個人影的同時，那個人影從雙眼發出綠光閃了一下，使她嚇得趕緊收回手。

此時在場的兩人才漸漸察覺有些異樣。

「好了，那個……我們還是往回走吧……」同行的男生壓低語氣說道。

「好……」聽到同行的男生改變說話語氣後，P的神經開始緊繃起來，四周也瀰漫著恐懼的氛圍。

「那個……等一下走回去的時候，不管發生什麼事，妳都絕對不要回頭喔！」同行的男生一臉嚴肅地警告著P。

P默默地點了點頭。

之後，兩人在走回去的路上幸好沒發生什麼事，最後大家也都平安回到家了。

※一句話總結：沒事最好別去夜遊，否則可能會遇到……

完

Q・逝去親人

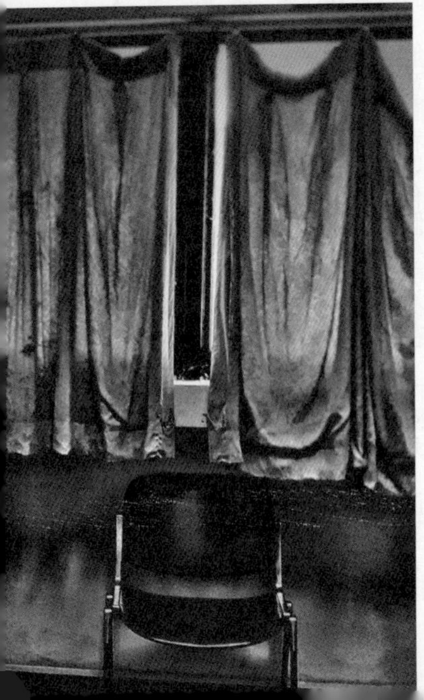

Q是一個尊重生命的大一新生，平時就連一隻螞蟻都不忍心殺死。最近她剛失去一個很疼愛自己的外婆，雖然很難過，但她知道人死不能復生，天上的外婆一定也希望她能好好地活著。因此她便帶著悲傷北上，入住學校宿舍。而在每個星期五下午都會回家待到星期日下午。

在開學後的某日傍晚，Q去附近的商店補買一些生活用品。買完獨自漫步回宿舍途中，仍不時想起過去與外婆相處的快樂時光，不禁感到悲從中來。

就在Q經過一處公園時，無意間看見有個小男孩在一棵樹旁，正為了抓到一隻螢火蟲而開心地蹦蹦跳跳著。

「小朋友！」Q忍不住叫住了那個小男孩。

小男孩聽見Q的喊聲之後，便呆愣地站在原地，手中拿著裝有螢火蟲的小玻璃罐，看著Q朝他走近。

「小朋友，你在做什麼啊！怎麼可以隨便亂抓螢火蟲呢？」

「為什麼不能抓啊？」小男孩一臉懵懂地問。

「因為螢火蟲的壽命不長，只有短短幾天到一兩個星期而已。所以在短暫的生命中，牠們要盡情地發散光芒，找到伴侶並繁衍下一代。因此不能隨便抓螢火蟲，知道嗎？」

幸好，小男孩蠻聽話的，於是Q便成功說服了他將那隻可憐的螢火蟲放生。

但之後Q想了想覺得奇怪，現在是九月怎麼會有螢火蟲呢？而且還只出現一隻……

「好奇怪啊……」

隔天因為剛好是星期五，所以在下午上完課，Q便直接搭車回家。

到了凌晨，當她睡得正香甜時，一旁放在床頭櫃上的手機卻突然響起。

Q輕揉雙眼，看向床頭櫃上的鬧鐘，上面顯示是四點整。

「這麼晚了是誰啊……」她一邊碎念著一邊拿起手機滑動接聽鍵。

「喂？」Q先出聲。

「妹妹啊……」手機另一頭出現一個老婆婆的聲音。

「妳……是誰？」

「我？妳不知道我是誰嗎？唉……妳居然不知道我是誰……唉……唉……」

「妳……難道是……外婆？不可能的，我外婆已經過世了啊。」雖然Q一開始聽到便直覺認為是外婆的聲音，但想起外婆已經過世的事實，才會覺得不可能。

「妹妹啊……謝謝妳……救了我。」

「到底是哪個沒良心的在惡作劇啦！」Q暗自在心裡咒罵道。

下一秒，Q看向手機螢幕……

才想起手機早已在睡前就沒電了。

完

※一句話總結：逝去的親人或許會以意想不到的樣子出現在身邊喔……

R・樓上

R是個女國中生，與家人住在新北市一處社區大樓內，從小到大都一直住在那裡。

她家住在五樓，自從前陣子六樓搬來一對母女之後，便時常在半夜聽見吵架和摔東西的聲音，有時甚至還有女人的喊叫聲。

但是每次聽見吵架聲都只有一個女人的聲音，並無聽見其他人的。

雖然社區有規定住戶超過晚上十點就不能發出太大聲的噪音，而人們也常說在半夜時大多數的鄰居都在睡覺，吵醒他們可能會被抗議……

但是，現實中若真的遇到了，很多人卻也不敢去多管閒事，怕會因此惹來麻煩……

R家的人就是這樣，只能默默忍受。

而自從某天起，那些聲音消失了，只留下異常的寧靜。

「最近……樓上怎麼突然變得那麼安靜？奇怪。」R不由自主地想。

其實就在那陣子的某日，一如往常的放學時間，R獨自走在回家的路上。到了住家樓下的社區中庭時，她看見自己住的那棟一樓花圃圍起黃色封鎖線。可她也沒特別去注意封鎖線上寫什麼字，便單純以為只是施工而已。

後來R才聽家人說是六樓住戶的女兒跳樓身亡了，且剛好就倒在社區一樓的花圃裡……

跳樓的原因聽說是有躁鬱症的關係。

躁鬱症是一種精神性疾病，患者於躁期時，情緒會異常興奮、易怒，且會有誇大的言行；於鬱期時，會情緒低落、思想消極，甚至出現自殺的念頭或行為。

而六樓住戶的女兒就是因對生命萌生負面想法而自殺的躁鬱症患者。

然而一個星期過去了，樓上的寧靜取而代之變成女人詭異的大笑聲，時常在半夜都能夠清楚聽見。更詭異的是，笑聲似乎是對著窗外的……

那麼樓上到底是誰在大笑呢？

※一句話總結：雖然看不見鄰居在家中做什麼，卻可以聽得見……

完

S·放學後

此刻，S與三個女同學正被一群「鬼」追趕著！

那群「鬼」雖然穿著學校制服，卻不是她們學校的。

事情是這樣的……

今天一如往常的放學時間，S與三個女同學不小心在學校的社團室待到六點多。而奇怪的是，今天學校裡除了她們四個人之外，就看不見有其他人。

之所以說那群古怪的人是「鬼」，是因為當S她們看見那群人時，其中一個女同學驚叫著：「鬼啊！」

因此，她們便稱那群人是「鬼」。

為什麼那個同學看見那群人就說她們是「鬼」呢？

因為她們相貌都非常古怪，五官嚴重扭曲。而且當那群「鬼」看見S她們時，都發出詭異「啊……」的聲音，看起來張口想叫，喉嚨卻又發不出聲音似的，還露出一臉哀怨的神情盯著她們。

而即使那群人不是「鬼」，但S她們之中沒有任何人認識那群人，為什麼那群人一看見S她們就要追著她們呢？

「嗯，她們一定是鬼。」S在心中暗自猜想。

S與三個女同學就這樣不斷地跑著，而身後的一群「鬼」也緊追她們不放。若是被追到了，會發生什麼事呢？

當S她們各自在心中慶幸著快要跑到一樓樓梯口時，卻發現鐵門不知在何時已被拉下。

她們不放棄希望地跑到另一邊的樓梯口，卻仍是撲了個空。

「完了。」S感到絕望。

「啊……啊啊……啊……」身後此起彼落的詭異聲音又再度傳入耳裡。

「對了！窗戶！」S喊道。

S她們不放棄地檢查著一樓的窗戶，終於，她們發現有一扇窗可以打得開。於是便趕緊從窗戶爬出去，逃離那群「鬼」，也逃出了那棟樓。

※一句話總結：放學後最好別在學校待得太晚，否則……

完

T・石像

T的家鄉在花蓮，因為她一直很嚮往台北的生活，所以前陣子大學畢業後便獨自北上打拼。

她搬到在台北的一處公寓小套房，且在費盡千辛萬苦後，終於找到一份距離住處只有三站公車站的出版社工作。

某天T在下班過後，獨自去逛某夜市，想藉由大吃大喝來紓解工作壓力。

但就在她快逛完夜市時，突然感到肚子痛。

走出夜市後，她一邊四處張望一邊在腦中思索附近可能有廁所的地方。

「嗯……啊！我記得公車站附近好像有一座公園，那裡應該會有廁所才對。」T在心中猜想。

當她快走到公車站時，果然看見前方不遠處真的有一座公園。但因為是晚上，且公園內只有數盞昏黃的路燈，所以顯得十分陰暗。

由於T內急，無法等回到住處，因此她只好硬著頭皮走進公園，步向公廁。

當她走進時，便發現這座公園與其他公園不太一樣。

這座公園特別之處在於裡面有許多個小和尚的石像，但是在夜裡看起來格外地陰森詭異，令人不禁毛骨悚然，生怕那些石像會突然自己動起來。

T的肚子似乎因恐懼而更加疼痛，她只能在心裡安慰自己別想太多後，快步走向公廁。

進到女廁，她在裡面隨意挑了一個廁間走進去。

當T在進入廁間沒多久……

砰！

因夜深人靜的關係，她清楚聽見女廁外有個重物落地的聲音。

緊接著，一個沉重的腳步聲逐漸逼近，但與其說是腳步聲，不如說是某個重物的落地聲。

原本以為是有人也要來上廁所，但那個聲音卻到女廁外就停了下來。

不僅如此，之後還接連聽見相同的聲音，最後也都在女廁外停下。

「是怎樣啊……」

當她上完廁所後——

「我……現在該出去嗎？」T站在門前猶豫著。

就在她正煩惱時，突然！廁所的燈開始不停閃爍，數秒後便陷入一片黑暗。

「啊啊啊！」T嚇得驚聲尖叫，便下意識地開門跑了出去。

不出去還好，這一出女廁，她居然看見一群小和尚石像出現在門口，各個面朝她包圍著。

驀地，她看見眼前一群閉著眼的小和尚石像同時睜開雙眼，並緩慢地開口道：「等妳……很久了。」

完

※一句話總結：小心某些有著人形的物體會突然自己動起來喔……

U・寂靜之海

某日，U因出差而去到一個偏遠的海濱小鎮。

就在到那裡的第一天下午四點多，她獨自去海邊，漫步在沙灘上靜靜地吹著海風。

沒多久她便注意到天色變得異常昏暗，而且在視線範圍內都沒有任何人。雖然感到奇怪，但她也沒去多想，只是繼續漫步著。

過了一會兒，她停下腳步。望著一望無際的大海，閉上雙眼，聆聽海浪聲，感受著海風吹拂和周遭的一切。

當她睜開雙眼，再度望著大海時，不知是她剛剛的想法被聽見了還是怎麼樣，居然看見遠處有個「東西」正緩緩向她逼近……

而且還是從海的遠處過來的！

就這樣不斷逼近著U。

終於，她看清楚了……

不斷逼近她的，居然是一個長髮女人。

那個女人身穿白衣，烏黑的長髮垂在前方，因此看不見她的面容。

「她……她怎麼會從那裡過來啊……該不會……該不會……」U的直覺告訴自己，那個女人真的很不對勁。

她雖然想馬上轉身離開，但她的雙腳卻像是被抓住似的動彈不得，只能駐足原地，彷彿是被無形的力量逼著看那個女人。

「我的腳怎麼動不了？怎麼辦？怎麼辦？」

當那個女人離U只剩下一公尺時，突然一陣強勁的海風襲來，吹亂U的頭髮，同時也將那個女人垂在前方的頭髮吹散開來。

此刻，U才看清楚那個女人的臉……

啊！不對，應該是後腦杓才對。

正當那個女人離U不到五十公分時，那個女人猛然回過頭望向U！

那個女人七孔流血，露出怨恨的神情瞪著U，且還伸手直指著U說：

「妳……給我……」

就在那個女人的手指快碰到U的同時——

「啊！」U伴隨著自己的尖叫聲，沒了意識。

醒來時，天色已暗，她發現自己倒臥在沙灘上。下一秒，驚恐地環顧四周，確認空無一人才使她不安的心漸漸平靜下來。

她緩緩起身，感覺到兩條小腿有些疼痛。

回到飯店後，她才看清楚自己的兩條小腿上居然都有著紅手印，彷彿是被抓過的痕跡，且久久未消……

完

※一句話總結：獨自一人最好別去無人且危險的地方喔……

V・汽車旅館

V是個女國中生，放暑假時父親開車載她、母親和哥哥沿路南下旅遊。第二晚他們入住了新竹一間外觀頗為老舊的汽車旅館。因為他們的旅遊是沒有計畫的，所以不會預先訂房。且那時正值旅遊旺季，因此被工作人員告知沒房型可選，只剩下一間「南洋風情」的雙人房了。

他們其實當晚找遍附近多間旅館，但都已經客滿。而且那時也凌晨一點多了，想說只是住一晚，早上就要離開不用太講究，因此V一家人最後也只好無奈地入住剩下的那間房。

在車庫停好車後，開房門往樓上的房間走去。一到房間，便看見中央放了一張超大的雙人床，床前有沙發，床後是浴室，而床的兩側除了沙發和狹窄的走道之外，就是兩大面牆的鏡子最吸引他們的注意，而V哥也迅速地拿出手機開始拍照。話說雖然外部建築看似不怎麼樣，但內部應該是有重新裝潢過，所以環境和設備都非常新。

可是令V母不太滿意的有兩點：第一是房內的燈光，燈光是以紅藍黃搭配，雖然是蠻有氣氛的，但似乎過於昏暗了些，而且也不能調得明亮一點；

第二是床兩側的鏡子，聽說鏡子在風水上是擋煞用的，所以若是鏡子對床的話，晚上的陰氣可能就會反射到體內。當陰氣過多時，便很有可能會引來不該來的「東西」。然而有些旅館或飯店是化妝台的鏡子對床，若無法換房，大不了只要用毛巾或是其他物品遮住就好。但是V他們住到的是左右兩側有著整面牆的鏡子，完全無法遮擋啊！

V這不是第一次與家人旅遊，當然也不是第一次住旅館。而這次入住的這間汽車旅館，卻是她第一次住得很不安穩的一間。

當V坐在床前正對著電視的沙發上時，除了會因為看不見後方的床和浴室而感到不安之外，還有在右手邊靠牆的一台情趣販賣機。機器外面是用布遮住裡面的東西，所以只能看見從中透出的微弱黃光。令V感到奇怪的是，當她看著那塊布時卻感覺上面像是有個人臉，不但有眼睛、鼻子還有嘴巴……因為那些地方都是剛好有黑影的，而其他地方是微弱黃光，所以整體看起來彷彿是有個骷髏正哀怨地吶喊似的。

當V換坐在床上，才感到些許安心。可她掀開潔白的棉被時，居然驚見床單上有一小塊紅紅的不明物，不免猜想該不會是「血漬」吧？此時，她的胡思亂想嚇得自己趕緊拿棉被將其蓋上，不打算細看或是馬上問家人那是什麼。因為她害怕會引起恐慌，更害怕會引起「他們」的注意……所以只能默默地在心中安慰自己，儘量撫平自己不安的情緒。

之後，V又換坐到床左側的沙發上，但看見離自己大約不到三十公分的一整面牆的鏡子時，又感到更加不安了……

整個房間似乎沒有一個能讓她安心坐下的地方。最後她仍只好坐回到正對著電視的沙發上，至少家人也待在一旁，離自己最近的地方。

即使……右手邊有個在吶喊的骷髏對著她，她也只能假裝不在意，儘量不去看、不胡思亂想……

到了早上，V一家人順利地離開那間汽車旅館。

數日後，V哥突然拿出一張照片，說他在剛入住那間房拿出手機拍照時，從鏡中拍到有個人影出現在浴室。

V看了數秒後說：「那個人影看起來像你啊。」

但是想了想，這完全不可能啊！怎麼可能會從房內的鏡中拍到在浴室的自己呢？除非是有分身，或是……

那個人影……到底是誰？

完

※一句話總結：注意！聽說鏡子對床會引來……

W·桌下的符咒

恐懼如影隨形，永不消亡……

W從小有記憶以來就一直隱藏一個在她房間裡的秘密，因為特別膽小，所以不論訴說的對象是別人還是家人，對於奇怪或是詭異的事情都不會輕易說出口，尤其還是自己的房間。是直到她二十歲母親提議要裝潢家裡時，才向父母娓娓道出……

「那個……其實我有一件事情從小時候就一直不敢說……」

「什麼事啊？」

「那個……我房間靠門口的書桌下貼有一張黃色像是符紙的東西……」

聽到W這麼說，父母都很驚訝，也不懂為什麼到現在才說。於是W便向他們解釋之所以會到現在才說是因為害怕如果真的是符咒，甚至是不好的那種，她會不敢待在房間，所以才會這麼久都不敢說出口。要不是房間要裝潢，那個固定在牆上的書桌要拆掉，否則她也不會說。

W和父母沉默地面面相覷。

W母便命令正坐在一旁沙發上手拿報紙的W父去一探究竟，雖然不想，但W父也不敢違抗，只是露出一副不情願的表情緩緩步向W的房間。

「等一下！」W叫住走到她房門口的父親。

「怎麼了？」W父回頭看向站在沙發前的W。

「我想還是不要把它亂撕下來比較好吧？」

「只是先看看而已啦，如果真的是那種不好的符咒，也要想辦法處理啊，不然有奇怪的符在家裡也不太安心吧。」W母說。

W因無法反駁而陷入沉默。

W父逐漸走近那個書桌，到桌前蹲了下來，將頭探進桌下查看。

「怎麼樣？那是符咒嗎？」W神情緊張地問。

「有點摺起來了看不清楚。」

下一秒，W父直接伸手將那張紙撕下。

「等一下！」W驚恐地叫出聲，但語速仍比不過手速。

W父將紙攤開，一臉不解。

「這是什麼？」

只見一張黃色符紙上畫有看不懂的文字和圖案，背面似乎還印有血指印……

霎時，四周陷入一片漆黑。

「怎麼停電了？爸爸！媽媽！」

「沒事的，我在這裡。」W母說。

「爸爸呢？」

W父仍沒回應W的叫喚。

當四周再度恢復明亮時，只見W父早已倒臥在地，手裡還握著那張詭異的符咒……

完

※一句話總結：別輕易將來路不明的符咒撕下……

X・人臉石

一位單親媽媽X每逢過年過節都會帶著兒子回娘家住幾天，當然，最近快到的中秋節也不例外。不過這次回娘家，卻因為一塊石頭，發生了令她永生難忘的詭異事情……

就在X帶著十歲兒子回娘家的當天下午，X兒子望著正坐在沙發上聊天的X和X母，說想去社區樓下旁的公園玩，因為以往也是如此，所以X便毫不猶豫地答應了，且還不忘叮嚀不要到處亂跑、有陌生人接近要趕快遠離或求救之類的話語。

說完，X看著兒子背著小熊圖案的小斜背包蹦蹦跳跳地跑出門去。

約莫一個小時過後，X兒子開門回來了。

「玩得還開心嗎？」X坐在沙發上一如往常地問。

X兒子則笑著點點頭說：「嗯！而且今天我還交到了新朋友喔！」

「是喔，那他也是住在這附近嗎？」

「嗯……應該是吧。」

到了凌晨，X猛然驚醒，在房內四周張望，發現房門居然是敞開的，她心想：「我記得我睡前不是有關門嗎？奇怪……」正當她這麼想的同時，突然門外有個矮小的身影伴隨著嬉笑聲晃過去。

X下意識覺得那就是兒子，於是便喚了兒子的名字。

「媽媽，怎麼了？」一個熟悉的聲音從X旁傳來。

她轉頭，發現兒子正躺在自己身旁。

那……剛剛那個小孩是誰？

X記得母親就只有一個人住啊！

她安撫完兒子後，便憑藉著床頭燈微弱的黃光，輕步走到房門口。

「啊！」X忍不住輕聲驚叫，因為她感覺到右腳似乎踢到了什麼東西。

她低下頭查看，是一塊石頭。

於是好奇地撿起來，定睛一看，嚇得她頓時將那塊石頭扔了出去。

咚！

石頭砸到客廳牆壁後掉落在地。

X之所以會那麼驚恐，是因為她剛看見那塊石頭上居然有張人臉。

下一秒，四周變得明亮。

「發生什麼事了？」

X轉頭，是母親。

接著，X兒子也從房裡邊揉著雙眼邊走出來。

X向兩人訴說著剛發生的一切和那塊不知從哪冒出來的人臉石，沒想到X兒子突然打斷X說話，說那塊石頭是他的。

「你怎麼會有那塊石頭啊？」X皺著眉問道。

「那是我今天在公園交到的新朋友送給我的禮物啊。」

「是……是跟你年紀和身高都差不多的一個……男孩嗎？」

「對啊，妳怎麼知道？」

※一句話總結：不要隨便亂撿或亂拿來路不明的東西……

完

Y・浴簾後

Y的住處最近因為水管爆掉，所以只好暫時借住在朋友家。

某天她下班後獨自回到朋友家，而朋友還在公司加班。

她將包包和剛脫下的大衣放在沙發上，疲憊地癱躺在床上。

今天是她第一次一個人待在這個朋友的家裡。

雖然說這個朋友家就只是一般的小套房而已，沒什麼特別的，但每當Y一進到這個空間時，都會莫名感到有些不安，尤其是進到浴室，還會使她起雞皮疙瘩呢。

她其實並不是有靈異體質的人，且從小到大也不曾遇到鬼，所以她想這不過只是個人感覺而已，因為沒發生什麼靈異事件，所以不想說出來怕會嚇到朋友。

此時的Y正獨自身處這陰氣逼人的空間裡，即使開著燈和電視，卻仍是感到不舒服，彷彿是待在不屬於自己的世界似的。

她好希望朋友能趕快回來……

儘管想什麼都不做，倒頭就睡，但一想到只有自己便無法安心。

霎時，坐在沙發上的Y肚子開始痛起來。

「完了……」她一邊皺著眉呢喃自語著，一邊手捂著肚子，身體也隨疼痛感越來越強烈而不斷往前傾。

此刻她也顧不了那麼多，只好硬著頭皮起身跑進廁所。

不幸的是，廁所的燈居然打不開！於是她又趕緊跑出廁所，從沙發上的大衣口袋中拿出手機，再次跑進廁所。

過了一會兒，坐在馬桶上的Y終於放鬆下來。但才剛一放鬆的她又再次繃緊神經，開啟手機內建的手電筒，環顧廁所每個角落，左手邊是門，右手邊是一面鏡子和洗手台，而正前方是浴缸，還有……不知在何時被拉上的浴簾。之所以這麼說是因為Y和她朋友平常都是習慣將浴簾拉開，且今天早上她是最後出門的，明明記得那時浴簾是拉開的啊，怎麼會被拉上了呢？

她害怕地一動也不敢動，直盯著浴簾，生怕有什麼東西會突然出現。

觀察一會兒，無任何動靜。

她打起精神，趕緊上完廁所，到洗手台前洗手。但就在洗手時，餘光看見左手邊的浴簾那似乎有個黑影。她緩緩轉過頭查看，赫然驚見有一個雙手抱膝的黑色人影蜷縮在浴缸裡一動也不動，倒映在浴簾上，猶如投影機將影像投影在布幕上似的。

「啊！」Y忍不住驚叫。

當她叫了一聲後，那個黑色人影也瞬間消失得無影無蹤。

她嚇得一心只想趕快逃出去，便轉身開門。

就在開門的剎那間……

一陣嘩嘩的流水聲傳入耳中。

Y聽聲音是從浴缸那傳來的，於是伸手緩緩走到能碰觸浴簾的位置後，迅速地將其往左一拉，看見水龍頭居然被打開了！

此時，她內心的恐懼已達到頂點。正當她打算轉身逃離，卻因還沒來得及反應，就被後方的一股強大力量給推入放有半缸水的浴缸中！

而在置身其中時，看見了……

水中有一個臉部異常扭曲的男人，正用著哀怨的雙眼死盯著自己。不管她再怎麼嘗試，四肢卻始終無法動彈……

※一句話總結：浴簾拉上時，小心後面會有……

完

Z・畢業旅行

一百天……五十天……十天……一天……

在Z國小的時候曾經因為期待某個日子的到來，而從得知日期之後便一直倒數著直至那天來臨。

那就是——畢業旅行。

因為那是第一次能與學校的好朋友們一起出去玩和過夜，所以覺得很有新鮮感。

這是兩天一夜的畢業旅行，目的地是雲林的某樂園。第一天的途中會先去一些景點，到晚上才會入住樂園內的飯店；第二天都是待在樂園，下午會直接回學校。

而事情就是發生在入住飯店時發生的……

Z她們是五人一組住一間四人房。

還記得在入住前老師有跟所有學生說在晚上十點之後不准再出房門，直至早上八點才可出去。且老師們會在每間房門門縫插入一張紙，如果有出去，勢必開門時紙就會掉在地上。由此方式在早上八點前老師會一一去檢查，若被發現紙沒插在門縫，隔天去樂園就要等到最後一組才能開始去玩。聽到老師這麼說，大家當然不願意當最後一組去玩，所以自然都會遵守規定。

當然，行動也因此而受到限制……

在十點前，Z和同間房的同學都回到了房間。

Z瞥一眼門板上寫著的房號：509。

一開始她們打起枕頭戰，玩了一陣子大家逐漸平靜下來。

突然有人提議要說鬼故事，因為沒人有異議，於是她們將燈全部關掉，一盞不留。房內頓時陷入一片黑暗，伸手不見五指。

接著，大家縮進一床棉被裡，面面相覷，似乎是在等有人先開口。因為Z平常就對鬼怪相關的事物很感興趣，且手機裡也正好存有幾篇鬼故事，因此她便率先開口。

「我這裡剛好有鬼故事，那我先說吧。」Z邊說邊看著每個人的目光都聚集在她身上。

說完，她看向每個人都露出期待的眼神，於是便開始盯著手機螢幕，說起關於台北某個隧道流傳的鬼故事……

雖然說這是「鬼故事」，但那也僅限於前半部而已，因為後半部其實是搞笑的。

但Z沒想到正當自己說得正起勁，都還沒說到一半時，卻有個破壞氣氛的同學逃出棉被去開燈，緊接著也有幾個同學陸續跟著逃出。

因此，Z也只好跟著出去。

「好恐怖喔……」幾個同學接連說道。

「這故事不恐怖啦，後面是好笑的欸，妳們也太膽小了吧。」大家聽到Z這麼說，便要她繼續把故事說完。但因為大家都害怕到不敢再關燈了，所以Z只好在開燈的情況下說完故事。

果不其然，在她說到故事的後半部時，每個人都哈哈大笑起來，一掃先前恐懼、不安的情緒。

咚！咚！咚！

才剛平復情緒，床頭那邊便出現一陣有規律的敲打聲打破周圍的寧靜。

咚！咚！咚！

「什麼聲音啊？」

「好像是隔壁的在敲牆壁……」

「隔壁是住誰啊？這麼晚了還敲什麼牆壁……」

「好像是別班的女同學。」

咚！咚！咚！

「她們到底在幹嘛啊？吵死了。」

「可能是玩得太瘋了，應該等一下就停了吧……」

她們對此沒有太在意，而因為大家還不想睡的關係，便開始思考接著要做什麼。

當時的Z不知道她的同學哪來的膽子，居然有人提議要玩躲貓貓，而且又是要全部的燈都關掉。沒想到大家也都同意，真的是太瘋狂了。也許是因為她們年紀都還小，所以才沒想太多，只是覺得在黑漆漆的房裡玩躲貓貓很緊張刺激又興奮……

在換Z當鬼時，她照大家訂的規定先躲在靠近房門右手邊有燈的衣櫥裡數到六十秒，而左手邊是浴室。

數完六十秒後，她開衣櫥門走了出去。餘光看見浴室的門是開的，且裡面一片黑暗。於是趕緊快步走過，不敢正眼往內看去。

很快的她第一眼便發現正對她的窗簾後有個人站在那，憑藉窗外微弱的光在白色窗簾上映出的人影，看起來格外恐怖，而且看不出是誰。

「在窗簾那裡的是誰？我已經看到妳了，快出來！」Z因為怕被嚇，所以不敢直接走過去拉開窗簾，只是站在原地說。

但那個人卻仍一動不動站在原地，對Z說的話沒有任何回應。

「我會怕啦！妳快點出來！」Z揚聲再次說道。

那個人仍是不為所動。

Z沒辦法了，只好先將躲在床旁、棉被裡和化妝台下的人找出來。

「一、二、三、四……嗯？奇怪……」Z喃喃自語著。

「怎麼了？」

「妳們……剛剛是誰躲在窗簾那裡啊？」

聽到Z這麼問，四人都搖了搖頭。

再三確認後，Z還是在每個人那得到「不是」的答案。

但想了想在這小房間裡，若是有人改變躲藏位置，怎麼可能會沒發現……

那麼……剛剛躲在窗簾後的到底是誰？

此時，時間不知不覺已經來到午夜十二點。

咚！咚！咚！

Z她們萬萬沒想到，過了一個多小時，隔壁居然還在敲！且仍是有規律地敲著牆壁。

「未免也敲太久了吧……」

「對啊！這麼吵我們怎麼睡。」

「那我們要不要打給老師跟她說？因為我們現在也不能出去啊。」

「可是這麼晚了，老師應該睡了吧……會不會打去反而會被罵啊？」

「那怎麼辦？」

「要不要乾脆直接打給櫃檯好了？」

「但老師會不會知道啊？這樣我們也有可能會被罵欸。」

「不會吧……我們又不是打惡作劇電話，是隔壁的在吵我們也沒辦法啊。」

「嗯……說的也是啦。」

說完，坐靠近床頭櫃的人在其上的電話按下擴音鍵，接著按下有提示的「1」鍵打給櫃檯。

沒多久，另一頭被接起。

「您好，請問有什麼我可以為您服務的嗎？」

「妳好，那個……我們是住在509號房的，因為隔壁一直在敲牆壁，害我們沒辦法睡覺，所以想請妳們去說一下。」

「好的，請問您說的隔壁是510號房嗎？」

「嗯……是啊。」

「好的，我瞭解了，那等等我就會打給她們確認，感謝您的來電。」

「謝謝。」

切斷通話後，沒多久敲牆壁聲停了下來。

原本以為終於可以回歸寧靜，但沒想到過不到半小時，敲牆壁聲又開始了。

受不了噪音的五人，決定要再次打給櫃檯。

「您好，請問有什麼我可以為您服務的嗎？」

「那個……我是509號房的，想請問一下妳們有打去510跟她們說不要再敲牆壁了嗎？」

「我已經有打去確認過了喔，但她們說她們都在睡覺，沒有人在敲牆壁。」

聽到櫃檯人員這麼說，在場的五人都不敢置信地面面相覷。

切斷通話後，沒多久居然又多了樓上的敲地板聲……

咚！咚咚！咚！

咚！咚！咚！

敲地板聲就這樣伴隨著敲牆壁聲持續一個多小時，之後又只剩下了敲牆壁聲。

直至凌晨四點，才終於恢復寧靜……

Z回想起當時的畢業旅行，才發現敲牆壁聲是從說完鬼故事之後才有的……

完

※一句話總結：不要觸碰禁忌！否則可能會引來……